M. DU COËTLOSQUET, *ancien Evêque de Limoges, Précepteur de* MONSEIGNEUR LE DUC DE BERRY, *& ci-devant de* MONSEIGNEUR LE DUC DE BOURGOGNE, *ayant été élu par Messieurs de l'Académie Françoise, à la place de M. l'Abbé* SALLIER, *y vint prendre séance le Jeudi 9 Avril* 1761, *& prononça le Discours qui suit.*

MESSIEURS,

PÉNÉTRÉ de vos bontés, je me préparois à vous en témoigner ma reconnoissance, lorsque l'événement le plus funeste a confondu mes idées, & absorbé toute l'attention de mon esprit, & toute la sensibilité de mon cœur.

Depuis cet instant fatal, il ne me reste de pen-

A ij

fée & de voix, que pour confidérer la grandeur
de notre perte, & pour rendre un hommage public à l'augufte Enfant qui en eft l'objet. La Famille Royale a perdu un de fes plus précieux Re-
jettons ; l'Etat, une de fes plus chères efpérances ;
la Religion, un de fes plus beaux ornemens ; les
Lettres, le plus illuftre de leurs Elèves.

Témoins de la longue maladie de MONSEIGNEUR
LE DUC DE BOURGOGNE, nous étions dans de con-
tinuelles allarmes. Toutefois il vivoit ; & nous efpérions que les vœux de fon augufte Aïeul feroient
exaucés, & qu'il verroit fe développer de plus en
plus dans ce jeune Prince les qualités qui font les
bons Rois, & qui le rendent lui-même le meilleur de tous les Maîtres.

Nous efpérions que le Ciel fe laifferoit fléchir
par les prières ferventes d'une Reine, qui retrou-
voit dans fon Petit-Fils l'efprit de piété dont elle
eft animée, & qu'elle a communiqué à tous fes
Enfans.

Il vivoit ; & nous efpérions qu'il feroit long-
temps les délices d'un Père tendre, qui, né pour
le bonheur de nos derniers neveux, & pour l'or-
nement de notre fiécle, préparoit avec complai-
fance dans un Fils fi chéri la félicité d'un fiécle encore plus reculé.

Nous efpérions que la conftance de fon augufte
Mère ne feroit pas mife à la plus rude épreuve,
& qu'elle en feroit un ufage plus doux, en la ver-
fant toute entière dans l'ame de fon Fils.

« Nous efpérions enfin que les foins tendres & affidus de toute fon augufte Famille feroient récompenfés par la confervation de l'objet qui l'intéreffoit fi vivement.

Vaines efpérances ! Le cri de tant de Vertus qui font fur le Trône, & qui l'environnent, n'a pu détourner le coup qui menaçoit une tête fi précieufe.

Que de larmes nous avons vu couler ! Combien n'en doivent pas répandre tous les François ! L'hiftoire nous fournit-elle l'exemple d'un Prince de neuf ans, digne des regrets que pourroit mériter un Prince déja formé ? La poftérité le croira-t-elle ?

Je fens, MESSIEURS, que fon portrait pourra dans ma bouche paroître fufpect de flatterie ; mais j'ai des garants de ma fincérité. J'attefte ici cette illuftre Gouvernante, plus refpectable encore par fa piété, que par la nobleffe de fon fang. J'attefte ce fage Gouverneur, que l'étendue de fes lumières, des fentimens dignes de fa naiffance, la pratique conftante des devoirs de la Religion rendent fi propre à former un grand Prince, & un Prince vertueux. J'attefté enfin tous ceux qui ont eu l'honneur d'approcher MONSEIGNEUR LE DUC DE BOURGOGNE.

Mais pourquoi chercher d'autre témoin que ce Prince lui-même ? Ennemi de la flatterie, il étoit en garde contre fes traits ; il les démêloit, il les repouffoit ; ou fi les circonftances l'obligeoient à les diffimuler, il les méprifoit. Prince, ami de la vérité, si dans ce moment je m'en écartois en votre faveur, il me sembleroit vous voir jetter sur moi un regard mêlé d'étonnement & de chagrin. Il me sembleroit vous entendre me dire encore, comme dans une occasion où un défaut apparent de sincérité allarma votre extrême délicatesse : *Pourquoi mentez-vous pour moi, vous qui m'avez dit si souvent qu'il ne falloit jamais mentir.* Non, je ne changerai point aujourd'hui de langage, & je parlerai de vous dans cette illustre Assemblée, avec la même sincérité avec laquelle je vous ai toujours parlé à vous-même.

A peine sorti de l'enfance, MONSEIGNEUR LE DUC DE BOURGOGNE eut un esprit & un caractère formés. Il n'avoit conservé de ce premier âge, que l'innocence, la candeur & les graces.

Esprit solide, juste, précis, pénétrant, ce n'est point ce qu'il promettoit d'être, c'est ce qu'il a été. Esprit solide : les conversations sur les sciences les plus relevées, sur la Physique, sur les Mathématiques, sur l'Histoire, ne l'ont jamais lassé. Juste : tout ce qu'il voyoit, tout ce qu'il entendoit lui faisoit naître à l'instant la réflexion la plus vraie sur chaque sujet. Précis : il rendoit toujours la pensée dans les termes les plus concis & les plus propres à la faire entendre ; & il étoit aisé de sentir, quand on le connoissoit, qu'il souffroit avec quelque impatience, quoique toujours avec bonté, la superfluité des paroles. Pénétrant : une vérité devenoit pour lui la source d'autres vérités ; il n'étoit

point content qu'il n'en eût découvert les rapports;
& combien de fois fa pénétration n'a-t-elle pas
prévenu les inftructions qu'on lui préparoit? Déja
il démêloit les caractères des hommes : il favoit les
apprécier, & mefurer fur leur mérite le degré
d'eftime & de confiance qui leur étoit dû. Ces
qualités, il eft vrai, avoient encore des progrès à
faire ; mais déja elles étoient parvenues à un point
de folidité qui donnoit lieu de ne plus craindre de
changement.

Il en étoit de même de fon caractère ; l'éléva-
tion des fentimens, la générofité, l'humanité, la
compaffion s'annonçoient par les traits les plus ca-
pables de fonder nos efpérances : la conftance &
la fermeté mettoient le fceau à ces heureufes dif-
pofitions. Ah ! pourquoi ne puis-je vous le prou-
ver que par un détail capable de déchirer le cœur !

Qui de vous ignore la longue & douloureufe
carrière que Monseigneur le Duc de Bourgogne a eu à parcourir. Il l'a fournie avec une fermeté & une conftance, qui font à peine vraifem-
blables pour ceux même qui en ont été les témoins.
Dans certains momens la douleur lui a arraché des
cris involontaires & des larmes forcées. Je le fais ;
& comment pourrois-je l'ignorer ? moi qui ai eu
plus d'une fois le cœur percé de fes cris, moi qui
plus d'une fois ai mêlé mes larmes aux fiennes ;
mais je fais auffi que ces cris & ces pleurs étoient
pour lui un furcroît de peine, & que fa grande
ame, honteufe de la foibleffe des fens, s'indignoit

de n'avoir pas un empire absolu sur tous les mou-
vemens de la nature.

Les jours & les mois se sont écoulés. Une se-
conde année s'est avancée dans son cours, & jamais MONSEIGNEUR LE DUC DE BOURGOGNE ne
s'est plaint du temps que la maladie avoit déja du-
ré, ni du temps qu'elle pouvoit durer encore.
Sans cesse il étoit environné des gens de l'art, tou
pénétrés du zèle le plus ardent, & malheureuse-
ment le plus infructueux. Il n'en est aucun à qui
il n'ait témoigné avec bonté, qu'il lui savoit gré
de ses soins. Il n'en est aucun à qui le moindre mo
échappé de sa bouche ait pû faire soupçonner qu'il
le rendoit responsable de leur peu de succès.

On avoit su dans les jours brillans de sa santé
qu'il connoissoit le prix d'une Couronne & l'é-
lévation du rang suprême : on l'a ignoré lorsqu'il
en a fait le sacrifice, & la perte des plus grandes
espérances ne lui a pas coûté une larme ni un sou-
pir. Je dirai plus, pour peindre d'un seul trait la
force de son ame, le moment arrivé de remplir
les derniers devoirs de la Religion, il en écoute
la proposition, sans trouble, sans altération. *Je le
veux bien*, dit-il, *j'ai fait à Dieu le sacrifice de ma
vie.* Ce sont, MESSIEURS, ses propres paroles.
Est-ce là le langage d'un Enfant ? N'est-ce pas plu-
tôt le sentiment d'un Héros chrétien ? Mais laissons
à l'Orateur chargé de son Eloge Funèbre, le soin
de présenter ces grands objets, dans le sanctuaire
de la Religion. Dans celui de l'éloquence où je
me

me trouve aujourd'hui , je me borne à déplorer avec vous la perte que les Lettres viennent de faire.

Inftruit , MESSIEURS, de la grace que vous m'avez faite , MONSEIGNEUR LE DUC DE BOUR- GOGNE y parut fenfible. Sans doute il comprit que fi vous m'aviez décoré du titre d'Académicien , ce n'étoit que pour honorer fon éducation , & pour m'aider dans une fonction fi importante. Je me propofois de l'entretenir de la gloire de l'Acadé- mie , & de celle qu'elle a procurée à la France , en y fixant par la réunion des lumières & des ta- lens , l'empire des Lettres & du goût.

A côté des vertus politiques de votre Fonda- teur , j'aurois placé les vertus civiles de cet illuftre Chancelier qui lui fuccéda. Au nom feul des Ri- chelieu & des Seguier , MONSEIGNEUR LE DUC DE BOURGOGNE fe feroit rappellé que ces grands hommes revivent encore parmi vous dans les hé- ritiers de leur nom.

Il auroit fu que LOUIS XIV a joint à tant d'autres genres de gloire , celle de protéger & de récompenfer les talens ; & la noble émulation dont étoit animé ce jeune Prince , l'eût porté à imiter fon amour pour les Lettres , comme les autres ac- tions glorieufes de fon règne.

Après l'hiftoire de vos Protecteurs , je ne lui aurois pas laiffé ignorer toute la fuite des hommes célèbres qui ont fucceffivement compofé cette il- luftre Académie.

B

Je lui aurois parlé en particulier de celui à qui j'ai l'honneur de succéder. Je lui aurois dit que M. l'Abbé Sallier étoit, par son érudition, l'homme de tous les temps, de tous les pays, de toutes les langues, & par la douceur de ses mœurs, l'homme le plus aimable dans la société, le plus modeste dans les talens, le plus sage dans la conduite. Il se feroit intéressé à tout ce que ce Savant a fait pour la conservation, la décoration & l'accroissement du riche trésor, dont la garde lui étoit confiée, sous les auspices successivement de deux Bibliothé-caires, dont le nom sera toujours cher aux Lettres & à ceux qui les cultivent.

Pardonnez, MESSIEURS, si je ne répands pas plus de fleurs sur le tombeau d'un Académicien si digne de vos regrets. L'Eloge qu'il va recevoir d'un illustre Confrère dont vous connoissez la dignité, le génie & les talens, suppléra à la foiblesse du mien.

Vous auriez encore à me pardonner un Discours où je me suis plus occupé de ma douleur que de la reconnoissance que je vous dois, si cette dou-leur n'étoit pas aussi la vôtre, & si le même zèle qui vous fait célébrer les prospérités DE NOTRE AUGUSTE MONARQUE, ne vous attendrissoit pas également sur ses afflictions. Puissent le distraire de sa douleur les avantages qu'il vient de rempor-ter, dans le moment même où ses ennemis étoient le plus enflés de leurs succès ! Puissent-ils bientôt le mettre en état de suivre les dispositions de son cœur ; en donnant à l'Europe la paix qu'il lui a déja donnée plus d'une fois. Cette paix fi defirée nous apportera des biens ineftimables ; mais hélas ! elle ne nous rendra pas l'objet qui fait couler nos larmes. Notre confolation eft de le voir revivre dans Monseigneur le Duc de Berry , qui déja montre le germe des grandes qualités que nous avons admirées dans fon auguste Frere.

Réponse de M. le Duc DE NIVERNOIS au Discours de M. l'ancien Evêque de Limoges.

MONSIEUR,

L'USAGE antique & sacré d'honorer les morts par des éloges publics dont la perspective flatteuse semble étendre la durée de la vie par-delà ses bornes réelles, est une des plus salutaires & des plus consolantes institutions de l'humanité. Trop négligée par les légiflations modernes, cette fainte & utile coutume n'a presque d'afyle assuré que dans les Sociétés littéraires, qui l'ont rendu dans leur sein non pas une diftinction pour quelques-uns, mais un bien commun auquel chaque individu a un droit égal : sage & judicieux réglement dans la République des Lettres où les travaux n'ont pas besoin d'éclat pour être estimés, où le mérite n'a pas besoin de célébrité pour être senti, où les citoyens souvent par goût souvent par modestie d'autres fois par la nature de leurs occupations échappent aux regards de leur siécle, & laissant ignorer leurs talens à la renommée se laisseroient ignorer eux-mêmes à la postérité.

Tel fut pendant long-temps M. l'Abbé Sallier;

auquel vous fuccédez aujourd'hui parmi nous, Monsieur, & tel il auroit été toute fa vie, fi l'emploi diftingué que lui confia un Miniftre (a) qui veilloit avec foin & avec amour à l'honneur & au progrès des Lettres, ne l'avoit arraché à cette douce & honorable obfcurité où l'amour de l'étude l'avoit concentré.

Les hommes qui joignent la modeftie au mérite, (vous devez le favoir mieux que perfonne, Monsieur,) ne fe développent aux yeux de leurs contemporains que par degrés, & proportionné-ment aux circonftances qui les forcent à fe pro-duire. C'eft ainfi que M. l'Abbé Sallier devenu Garde de la Bibliothèque Royale, ne parut dès le premier inftant neuf à aucune des fonctions de cet emploi, ni inférieur à aucun des talens qu'il exige. Etabli, pour ainfi dire, le Pontife du Tem-ple des Lettres, il fut confulté tous les jours & ne rendit jamais que des réponfes claires & fatis-faifantes. Perfonne ne reclama en vain fon fecours pour être initié aux myftères de l'érudition ; & quiconque le prit pour guide eut lieu de s'atta-cher à lui par les nœuds de la reconnoiffance. Dans ces jours où le dépôt commis à fes foins étoit ouvert à la curiofité publique, fi quelquefois fur-chargé d'une foule de queftions & de demandes toujours preffantes & fouvent indifcrettes, il fe trouva obligé de prendre un ton févère & peut-être voifin de la fécherefle, ce ton étranger à fon

(a) M. le Comte de Maurepas.

caractère naturel ne fut jamais en lui qu'extérieur & momentanée; il le déposoit en fermant la Bibliothèque, comme Agricola, en descendant de son Tribunal, & il rentroit dans la société avec ces qualités aimables qui l'y faisoient chérir. Il n'y portoit que celles de son cœur; il n'y étaloit jamais les richesses de son esprit; on ne voyoit en lui que de la simplicité, de la douceur, de la gaieté, de la modestie. Il parloit peu, écoutoit volontiers, fuyoit la dispute, & sembloit ignorer qu'il fût en état d'instruire : le monde ne connoissoit en lui qu'un homme aimable; le savant ne se trouvoit qu'à la Bibliothèque ou dans les Académies. Exact à remplir tous ses devoirs, il étoit aussi assidu à nos assemblées, qu'empressé à satisfaire & même à prévenir les vœux de tous ses Confrères relativement aux secours littéraires qu'ils pouvoient attendre de lui. Aussi emporte-t-il tous nos regrets; & pour diminuer la douleur que sa perte nous cause, il ne falloit pas moins que la consolation dont vous nous faites jouir, MONSIEUR, en prenant parmi nous la place qu'il a laissée vacante.

Permettez-moi de décéler ici les secrets de votre ame. Vous ne l'avez point recherchée, MONSIEUR, cette place que nous vous décernons avec tant de joie; mais vous la recevez avec reconnoissance & avec résignation en même temps, comme faisant partie du noble & honorable fardeau que vous portez. Vous savez que c'est un de nos droits; & ce n'est pas le moins cher à notre cœur, de voir assis

parmi nous celui qui chargé de la fonction la
plus importante & la plus difficile à bien remplir
dans une Monarchie, pofe les fondemens de la félicité publique dans l'ame de ceux que la Provi-
dence deftine à en être les difpenfateurs...

Les larmes qui coulent de vos yeux, MONSIEUR,
l'attendriffement public qui y répond & que je
ne puis m'empêcher de renouveller par l'expreffion
de ma propre douleur, déclarent affez quel heureux fonds s'étoit offert à vos premières leçons,
quel droit nous avions d'en attendre le bonheur de
notre poftérité la plus reculée. Heureux les enfans
de nos enfans! heureux ceux dont les yeux ne font
pas encore ouverts!... Nous n'aurons pas la bar-
barie de leur apprendre un jour toute la grandeur
de la perte qu'ils viennent de faire, nous leur épar-
gnerons le tableau de l'affliction générale dont
nous fommes les malheureux témoins. Ils ignore-
ront combien notre cœur a été déchiré par les pleurs
de notre augufte Monarque, par les gémiffemens
d'un Père & d'une Mère qui ne connoîtroient jamais que les délices d'une profpérité non inter-
rompue, fi dans l'ordre fuprême les tribulations
n'étoient fouvent les compagnes & l'épreuve de la
vertu la plus pure... Arrêtons-nous; refpectons
des plaies trop profondes & trop récentes: tirons
un voile fur ces objets de douleur, & levons les
yeux vers les doux objets de confolation que le
Ciel offre à vos foins, MONSIEUR, & à notre
tendreffe.

Adorés d'avance par une Nation dont le caractère diftinctif eft l'amour du Sang Royal, nos jeunes Princes ont contracté par-là en naiffant une
dette dont vous leur apprendrez à s'acquitter. Vous
affurerez leur bonheur & celui de la Nation, en
formant leur efprit par l'étude des bonnes Lettres,
& leur cœur par les fentimens de la Religion : cette
Religion fainte qui femble particulièrement def-
cendue du Ciel pour l'inftruction des Princes, à
qui elle apprend que tous les hommes font frères,
qu'ils font tous foumis aux mêmes Loix, qu'ils
feront tous jugés au même Tribunal, fans exemp-
tions, fans privilèges, fans prérogatives, fans dif-
tinctions d'état ou de naiffance : vérité fublime
& féconde que les Tyrans ignorent, que les Con-
quérans oublient, que les paffions obfcurciffent
quelquefois, que la flatterie s'efforce toujours de
déguifer, & qui, développée avec foin, & pré-
fentée fous toutes fes faces, forme feule le plus
excellent fyftême d'éducation, comme elle an-
nonce le meilleur fyftême poffible de gouverne-
ment.

Telles font, MONSIEUR, les fonctions du
grand emploi qui vous eft confié : fonctions infi-
niment flatteufes par la beauté de leur objet, mais
effrayantes par la néceffité du fuccès. Auffi n'a-
yiez-vous garde de le defirer cet emploi auffi
pénible qu'éclatant; & il ne vous a peut-être man-
qué pour vous en défendre, qu'affez d'amour propre pour prévoir qu'il vous feroit offert. Trompé
par

par votre humilité, la voix publique vous a trahi.
Ce Diocèse que vous gouverniez avec tant de sa-
gesse, où votre charité suffisoit à tous les besoins,
où votre vigilance prévenoit tous les désordres,
où vos exemples enseignoient toutes les vertus;
tel fut, Monsieur, le délateur indiscret des ex-
céllentes qualités de votre cœur & de votre esprit.
On ne sera pas étonné qu'un pareil témoignage
s'accordât avec celui d'un homme (a) dont la mé-
moire sera toujours aussi respectée que l'étoit sa
personne, & que je m'abstiens de nommer, dans
la crainte de voir couler vos larmes, & de ne pou-
voir contenir les miennes, en prononçant ce nom
cher & sacré pour vous & pour moi. Cet homme
excellent, qui jouissoit de la confiance d'un Roi
qui aime la vertu & qui est si digne de l'aimer,
vous connoissoit trop bien pour ne s'être pas cru
obligé de vous faire connoître. La justice du cœur
& la justesse de l'esprit, qualités qui formoient la
base immuable de ses opinions & de ses démar-
ches, l'avoient emporté sur les égards que sa tendre amitié pouvoit devoir à vos goûts & à votre
modestie. Il n'avoit pu se dispenser de vous peindre tel que vous êtes, de découvrir même à votre
insu tout ce que vous cachez; & c'est cette es-
pèce de trahison qui vous a enlevé à une Provin-
ce que vous chérissiez autant qu'elle vous chéris-
soit, & à laquelle vous aviez cru vous attacher par
des liens indissolubles en refusant de la quitter

(a) M. le Cardinal de la Rochefoucault.

C

pour un des premiers Siéges du Clergé. Elle vous a perdu avec les plus vifs regrets : mais instruite & formée par vous-même à l'amour du bien public, ses gémissemens se sont mêlés à des chants d'allégresse, en vous voyant chargé du soin de cultiver ces jeunes Plantes à l'ombre desquelles nos neyeux se reposeront un jour.

Puisse le Génie tutélaire de la Patrie préserver ces Enfans si précieux de tous les dangers de l'enfance ! Puissions-nous n'avoir versé qu'une fois de ces pleurs amers qu'arrache une vive douleur ! Puissiez-vous, MONSIEUR, ne verser désormais avec nous que de ces douces larmes de joie & d'attendrissement qu'excitera le succès de vos soins !

www.ingramcontent.com/pod-product-compliance
Lightning Source LLC
Chambersburg PA
CBHW072359190626
46811CB00020B/2111